Свен Нордквіст

Пригоди Петсона та Фіндуса

УДК 82-34
Н 82

Нордквіст Свен

Н 82 Пригоди Петсона та Фіндуса / Свен Нордквіст : пер. зі швед. Г. Кирпи. — Тернопіль : Навчальна книга – Богдан, 2022. — 152 с.

ISBN 978-966-10-6607-5

Популярне видання для дітей

Свен Нордквіст

Пригоди Петсона та Фіндуса

Зі шведської переклала *Галина Кирпа*

Головний редактор *Богдан Будний*
Редактор *Ірина Чорненька*
Художній редактор *Ростислав Крамар*
Комп'ютерна верстка *Ірини Демків*
Технічний редактор *Неля Домарецька*

Підписано до друку 15.10.2021. Формат 60x84/8. Папір крейдований. Умовн. друк. арк. 17,67.
Умовн. фарбо-відб. 70,68. Накл. 2000 пр. Термін придатності необмежений, зберігати в сухому місці.

Видавництво «Навчальна книга – Богдан». Свідоцтво про внесення суб'єкта видавничої справи до Державного реєстру видавців, виготівників і розповсюджувачів видавничої продукції ДК №4221 від 07.12.2011 р.

Навчальна книга — Богдан, просп. С. Бандери, 34а, м. Тернопіль, Україна, 46002
Навчальна книга — Богдан, а/с 529, м. Тернопіль, 46008
У випадку побажань та претензій звертатися:
тел./факс (0352) 520 607; 520 548 office@bohdan-books.com
Інтернет-магазин «НК Богдан» www.bohdan-books.com; mail@bohdan-books.com
т. (0352) 519 797; (067) 350 1870, (066) 727 1762
Електронні книги: www.bohdan-digital.com
Гуртові продажі: т/ф (0352) 430 046, (050) 338 4520
м. Київ, просп. Гагаріна, 27: т/ф (044) 296 8956; (095) 808 3279; nk-bogdan@ukr.net
Інтернет-магазин «Дім книги»: т. (067) 350 1467; (099) 434 9947; dk-books.com

Видавництво «Навчальна книга – Богдан» у соцмережах:

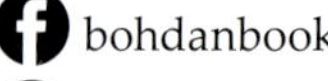 bohdanbooks
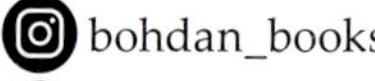 bohdan_books
 c/NKBohdan
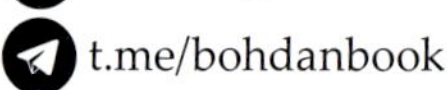 t.me/bohdanbooks

Original title: PA AVENTYR MED PETTSON OCH FINDUS

Ось про що ти прочитаєш у цій книжці

Хто такий Петсон? с. 8

Хто такий Фіндус? с. 10

Як Фіндус загубився с. 13

Полички мишустиків с. 37

Чи знаєш ти Петсона і Фіндуса? с. 39

Млинцевий торт (рецепт) с. 54

Полювання на лиса с. 57

Що можна змайструвати? с. 80

Хвилина півнячого кукуріку с. 83

Курячі парфуми с. 109

Петсон, Фіндус і намет с. 111

Стеж за погодою с. 134

Хто такий Свен Нордквіст? с. 136

Як створюються малюнки с. 137

Хто такий Петсон?

Коли Петсон був малий, то жив зі своїми батьками та п'ятьма сестрами й братами на хуторі. Там у них були корови, свині, кози, кури і двоє коней.

Замолоду він мав наречену. Але вона зустріла якогось модного данського співака з вусами та й дременула з ним до Австралії. Відтоді Петсон живе у невеличкій садибі сам, якщо не брати до уваги його курей.

Він не любить сидіти й правити теревені.

Загалом йому велося добре, хоча іноді бувало трохи самотньо. Але так було ще до появи Фіндуса. А потім усе відразу змінилося! Тепер Петсон ніколи не почувається самотнім.

Петсонові батьки

Дідуньо тільки те й робить, що опікується котом і курми. Також він любить проводити час у столярні, вигадувати й майструвати щось дуже хитромудре. І найхитромудріший його витвір — механічний гном, що вміє говорити. Петсон досі дивується, як то в нього вийшло.

А ще він сам вирощує для себе городину. Курям теж до вподоби, коли дідуньо копає грядки, бо тоді їм перепадає силасиленна черв'яків.

Часом Петсон і Фіндус ходять до озера ловити рибу чи купатися. З лісу вони приносять дрова, щоб розпалювати грубу, а на Різдво — ялинку. Щовечора Петсон любить сидіти на кухні, слухати радіо, розгадувати кросворди й пити каву. А Фіндус тоді спокійнісінько лежить на канапі.

Хто такий Фіндус?

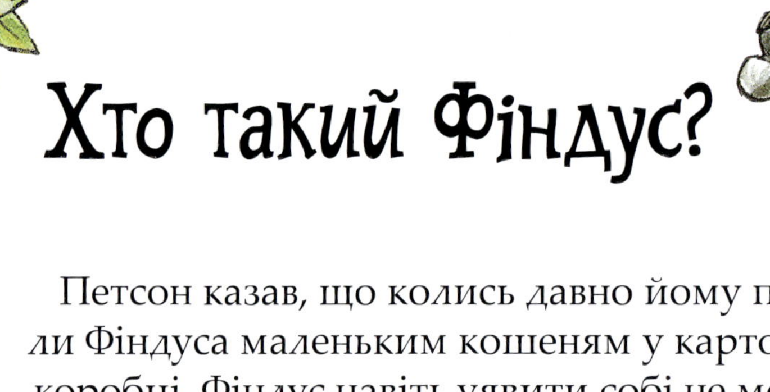

Петсон казав, що колись давно йому принесли Фіндуса маленьким кошеням у картонній коробці. Фіндус навіть уявити собі не може, що він жив деінде, а не в Петсоновому будинку. Та він і не хоче більше ніде жити.

Петсон і Фіндус — найкращі друзі. Вони щодня разом. Коли Петсонові кортить побути самому, Фіндус розважає курей. Вони не дуже вміють бавитися, бо весь час розбігаються хто куди. Але їх можна доганяти і гратися з ними в хованки.

Петсон — єдина в світі людина, яка розуміє, що каже Фіндус. А от Фіндус розуміє всіх людей. А ще він може говорити з мишустиками, які водяться тут повсюди. Петсон цього не вміє. Здається, він їх навіть не бачить.

Фіндус любить ходити з Петсоном ловити рибу. Він побоюється великих щук, та не зізнається в цьому. Якось він так злякався, що захотів одразу вернутися додому. Але то сталося тоді, як він побачив старезну щуку.

Також Фіндус любить гарцювати в ліжку, никати по горищі та столярні, гратися з усім, що там є, а надто з мишустиками; ходити з Петсоном до лісу по гриби, щовечора лежати в кухні на канапі й слухати разом із дідунем радіо.

Фіндус хоче, аби Петсон належав лише йому, та все ж не проти, щоб і кури вважали його своїм найкращим другом. І коли з'являється хтось помітніший за нього, Фіндус не може з цим змиритися. Якось Петсон приніс додому півня, що дуже голосно кукурікав. І, як на лихо, півняче товариство курям сподобалося більше, аніж Фіндусове. Тоді Фіндус зажурився і встругнув таке, від чого потім його довго мучило нечисте сумління.

Фіндус не знає, скільки йому років, і, здається, вже не підростає. Хоч усе-таки святкує свій день народження тричі на рік. Тоді він ласує млинцевим тортом.

Окрім великих щук, Фіндус боїться хіба що лисів, бо думає, що ті їдять котів. Хоча Петсон сказав йому, що лиси, напевно, котів не їдять. НАПЕВНО?! Та ну! Краще триматися від них осторонь або кудись ховатися.

Фіндусові батьки

Атож, Петсон і Фіндус —
найкращі друзі.
Але як саме Фіндус опинився
у Петсона?
Ну ж бо, прочитай!

Як Фіндус загубився

Дідуньо Петсон сидів із котом Фіндусом на колінах у кухні на канапі й розгадував кросворд.

— Розкажи про те, як я зник, — попросив Фіндус.

— Ти не зник, а сидиш ось тут, — відповів Петсон.

— Так, але коли я був малий.

— Он як. Але ж ти вже все знаєш. Я розповідав про це безліч разів.

— Усе одно розкажи.

— Що ж, розкажу, — погодився Петсон, відкладаючи кросворд убік. — Згадаємо всю історію чи лише те, як ти зник?

— Усю, — відповів кіт і задоволено вмостився зручніше.

— Усю, то й усю, — сказав дідуньо. — Ось як воно було.

Жив собі дідуньо, і звали його Петсон. Він мешкав у своєму невеличкому будиночку на хуторі й мав чи не все, чого може прагнути душа старенького чоловіка. Єдина прикрість була в тому, що інколи він почувався самотнім. Правда, мав Петсон кількох сусідів, із якими міг перемовлятися, коли виникала потреба, але ж у тих сусідів було повно своїх клопотів.

А ще Петсон мав курей — зовсім небагатечко. Проте вони були вкрай нерозторопні. Коли він збирався з ними поговорити, ті зненацька кидалися бігти, бо котрась із них знаходила черв'яка абощо. Так ніколи й не виходило якоїсь поважнішої розмови.

А як западала темрява і кури вкладалися спати, в тому невеличкому будиночку ставало дуже порожньо й тихо. Здавалось, нічого цікавого там бути не могло.

Одного дня навідалась до нього сусідка Беда Андерсон, щоб хвильку-другу погомоніти. Вона принесла булочки, і Петсон частував її кавою у садовій альтанці. Однак говорив він зовсім мало. Беда Андерсон збагнула, що йому невесело.

— Тобі потрібна дружина, яка тебе трішки підбадьорюватиме, — сказала вона.

— Ні, — заперечив Петсон. — Цебто мені давно треба було б її мати. Тепер я застарий. І звик уже сам собі давати раду. З жінкою надто багато клопоту. Ні... мені не потрібен ніхто...

— Таж у тебе навіть кота немає.

— А немає, — промимрив Петсон і довго про щось думав. — Кіт усе-таки не дуже вибагливий. Може б, я його й завів...

Наступного тижня Беда Андерсон прийшла знов. Тепер уже з якоюсь картонною коробкою.

— Ось тобі невеличке товариство, — сказала вона й подала Петсонові коробку.

— Що це? — спитав дідуньо й прочитав на коробці напис: «ФІНДУС ЗЕЛЕНИЙ ГОРОШОК». І той ЗЕЛЕНИЙ ГОРОШОК пищав.

Дідуньо відкрив коробку, а там на клапті тканини в зелену смужку стояло кошеня. Воно дивилось Петсонові просто у вічі й пищало.

— Привіт, Фіндусе Зелений Горошок, — мовив Петсон, і його охопило таке відчуття, як тоді, коли він літнього ранку підіймав угору штори й тепле сонячне проміння плюхало в кімнату. — Мене звати Петсон, а це — моя кухня. Віднині ти тут житимеш, якщо захочеш. Може, дати кави?

— Він не п’є кави, — сказала Беда Андерсон. — Він любить молоко. І, напевно, ще щось їстиме.

— Ще щось... — розгублено повторив Петсон, не зводячи з кота зацікавленого погляду. Він підняв його й посадив собі на долоню. Тоді торкнувся до його пухнастої шерсті, а Фіндус обхопив кігтиками палець і вкусив за нього.

— Йо-йой, він кусається, — усміхнувся Петсон, не забираючи пальця, а тоді занепокоєно глянув на бабусю Андерсон:

— А він не скучатиме за своєю мамою?

— Хіба що кілька днів, а тоді забуде. Тобі доведеться піклуватися про нього й стати йому новою мамою.

— Мамою... — розгублено мовив Петсон і щасливими очима подивився на кусюче кошеня. — Ой!

Тепер настали для Петсона набагато легші дні. Будинок уже не був порожній. Фіндусові доводилося сидіти на кухні, коли дідуньо замикав його і йшов надвір рубати дрова чи поратися в саду.

«Либонь, трохи він може побути й сам, — думав Петсон. — Коти самі собі дають раду, це ж відомо. Але, мабуть, треба сходити в хату й випити чашку кави».

Ніколи він не пив так багато кави, як тоді.

Так у Петсона з'явився співрозмовник, із яким можна було говорити, і він не кидався зненацька бігти й кудкудакати, як дехто раніше. Петсон міг розказувати про те, про що досі ніколи не розказував. Він розповідав про своє дитинство, про свої життєві дороги, про те, як росла картопля, — атож, про все, що спадало на думку. Його охоплював жаль, що Фіндус не міг нічого промовити, а тільки пищав. Петсон думав: «Якщо я так багато говорю, то, може, й він навчиться».

Щовечора він читав котові казки. Ну, мабуть, казок було не дуже багато. Хіба що траплялася в газеті якась стаття про новий комбайн, чи оповідання в тижневику про закохану медсестру, чи якийсь абзац про зубчасті колеса або підойми у книжці винаходів, яку Петсон мав. Проте Фіндус сидів мовчки в дідуня на колінах, слухав і роздивлявся малюнки, якщо вони там були.

І ось одного дня, коли вони сиділи й розглядали «Довкола світу», Фіндус став посеред газети й довго дивився на зображення клоуна у здоровенних смугастих штанях.

— Мені хотілося б мати такі штани, — сказав Фіндус.

Петсон витріщився на нього. Це були перші слова, які промовив кіт.

— Тоді ти їх матимеш, — відповів дідуньо. — Я зараз же пошию тобі пару штанів.

Він щасливо усміхався, коли ставив на стіл швацьку машинку. Он який кіт йому дістався!

Минали дні, збігали тижні. Фіндус підріс. І вже майже завжди сам бігав довкола. Коли ж вони лаштувалися йти трохи далі, скажімо, до столярні, кіт сідав Петсонові на плече. Він хотів бути з ним усюди. Рот у Фіндуса не закривався. Тихий, порожній будинок наповнився гомоном та біганиною.

Щоранку Петсон прокидався від того, що Фіндус стрибав у нього на животі, або натискав на його ніс, або згинав йому великого пальця. Таких ранків, коли дідуневі найдужче хотілося натягнути ковдру на голову й зникнути, більше не було. Навіть думка про те, щоб знову жити самотою, навівала на нього сум, тож він хутчій відганяв її од себе. Та й навіщо було думати про те, якщо він бачив маленького котика у здоровенних штанях, що гарцював на його животі й кричав: «Петсоне, прокидайся! Нумо гратися!»?!

Але одного ранку Петсон прокинувся й зрозумів: щось не так. Він одразу ж упізнав ту давню тишу, яка панувала тут, коли не було кота, що підстрибував і будив його. Петсон прокинувся й зіскочив із ліжка.

— Фіндусе! Де ти? — зарепетував він і заходився шукати: під ковдрою, під подушкою, під ліжком, у черевиках...

У коридорі, в кухні!

— Фіндусе! Ти тут?

Петсон шукав і не переставав кричати. Босоніж він побіг у столярню, у дровітню і в курник.

Він так смикнув двері, що кури, кудкудакаючи, позлітали з бантин та сідал.

— Ви бачили Фіндуса? — засопів він.

— На поміч, злодій! — Іде злодій! — Де Фіндус? — Петсон без штанів! — кудкудакали всі заразом кури.

— Цитьте! — гримнув Петсон. Кури замовкли.

— Фіндус зник... Він був тут?

— Та-а-а-а, охо-хо-хо... Мабуть, не сьогодні, — кудкудакала Пріллан. — Невже це ти, той, хто щодня вибирає у нас яйця?

Петсон пішов, нічого не відповівши. Ці кури ніколи в світі не знали, що де ставалося.

І сам він не знав, що якраз тієї миті всього за десять метрів ізвідси сидів переляканий до смерті малий котик.

Поки Петсон спав, Фіндус подався досліджувати будинок. В одному кутку під драбиною, що вела на горище, він знайшов у стіні дірку й шмигнув у неї. Кіт аніскілечки не боявся темряви — його просто розбирала цікавість.

Там було не дуже видно, але очі швидко звикли. Де-не-де крізь шпарину цідився слабенький сонячний промінь, і того вистачало, аби він міг бачити. То був світ мишей і дрібної комашні. Тут вони мешкали, збираючи все, що губив Петсон. Тут було повно хтозна-колишньої дерев'яної порохні, тирси й павутиння. Фіндус пробирався між стінами, попід підлогою, крізь вузькі проходи. Часом його лапи ступали на дошки, а часом — на прохолодну сиру землю.

За рогом стало світліше, і його тут же засліпило сонячне проміння, що прорвалося крізь підмурок.

Він вийшов у високу траву за будинком. У кропиві лежала купа сміття та іржаве залізяччя. Фіндус не знав, де опинився, бо ніколи досі тут не був.

Потім він почув, як хтось зашарудів і захрюкав. Хтось великий стояв у нього за спиною. Фіндус обернувся й побачив здоровенну ворсисту грудомаху, що сунула просто на нього. Кожна Фіндусова волосинка стала дибки від жаху. Мов сталева пружина, він стрибнув на купу сміття й упав у якийсь старий ящик.

Крізь дірку в сучку Фіндус побачив страшезного звіра. Той звір був круглий, сірий, із чорно-білими смугами на голові. Звір ішов, нюшив траву і безугаву хрюкав, мовби говорив сам із собою. «Очевидно, він шукає кошеня, щоб його з'їсти», — подумав Фіндус і з усіх сил принишк, сподіваючись, що звір його не помітить.

Та ось Фіндус почув Петсонів крик. Виходить, він неподалік будинку. Але як йому повідомити дідуневі, щоб шукав тут? Він боявся відгукнутися, бо тоді звір, чого доброго, його побачить.

Збігали хвилини, а сіра ворсиста грудомаха лишалася стояти перед ящиком. Фіндус заплакав.

— Хтось там невтішно плаче, — почувся чийсь голос.

— Напевно, то засмучений кіт, — додав інший голос.

У ящику товклися дві маленькі тваринки — такі, як ті, що жили в будинку. Фіндусові траплялося їх бачити. Вони могли з'являтися де завгодно, тож він не дуже здивувався, що вони зненацька опинилися в його ящику.

— Я боюся звідси вийти, — запхинькав Фіндус. — Там стоїть здоровецький жахливий звір, що збирається мене з'їсти. Петсон ніколи не прийде сюди мене шукати!

Маленькі тваринки, відпихаючи одна одну, зазирали у дірку в сучку.

— Ой-ой-ой, який він страшний! Мабуть, він прийшов усіх нас поїсти. Залишайся, мабуть, тут.

— Я не хочу, — пропищав Фіндус. — Я хочу додому, до Петсона!

— Ні-і-і, ти можеш тут жити. Тут добре. Не журись. Я розповідатиму тобі казки, — сказала тваринка.

— А я щось іще краще, — додала друга.

І вони навперебій заходилися розповідати:

— Жив собі один мишустик... — що був дуже добрий і веселий... — А ще великий і сильний... — і розумний, і красивий!.. — Либонь, він був найкращий у світі... — Он як! Звали його Плюх... — Ні, його звали Шух...

У казці розповідалося про те, як один мишустик знайшов у ящику кота. Але більше в ній розповідалося про те, який тямущий був той мишустик, і майже не згадувалося про бідолашного кота. Скоро Фіндуса втомило їхнє вихваляння.

— Я не хочу слухати ваших нудних казок. Я хочу, щоби прийшов Петсон, — запхинькав він. — Може, гайнете й покличете його?

— Навряд чи це вдасться. Він же не розуміє нашої мови. Він нас навіть не бачить.

— Ну, і він трохи несповна розуму. Але, може, ми йому якось натякнемо. Не журися. Ми все влаштуємо.

— Ми все влаштуємо!

І вони зникли.

Фіндусові одразу ж полегшало. «Вони такі тямущі, що, напевно, придумають, як привести сюди Петсона», — подумав котик.

Він сидів біля дірки в сучку, не зводив очей зі звіра й чекав, поки прийде дідуньо.

Петсон ще раз перевернув усе в будинку догори дриґом. Тепер він і справді занепокоївся. Треба ще обійти будинок і прочесати сад до самої дороги.

Коли він збирався вдягнутися, щоб вийти надвір, то не знайшов ані шкарпеток, ані черевиків. І так завжди! Гвинти, пера, інструменти — геть усе зникало, хоч він майже точно знав, де їх клав. А згодом знаходив їх у іншому місці, начебто в будинку жив хтось іще, хто брав його речі. Звичайно, йому подобалось думати, що в будинку, мабуть, завівся домовичок. Тоді він почувався не таким самотнім. Але тепер йому не потрібен жодний домовичок, бо в нього є Фіндус. Може, це він вигадав якусь нову гру? Скажімо, «Котячі хованки»? Чи «Як обдурити дідуня»? Даремно Петсон довгенько чухав голову й смикав себе за бороду: черевики й шкарпетки зникли так само, як і Фіндус.

Він узув чоботи й пішов надвір шукати довкола будинку. Овва! Он же його черевики! Вони стояли за будинком, ніби збиралися тупцяти в сад. А потім Петсон побачив свої шкарпетки, що лежали, простягнувшись, на землі. Мовби підказували звернути до столярні. Петсон подався далі, а там у траві лежали його підтяжки і вказували на задній фасад столярні. Там на сталевому дроті, що стирчав із мотлоху за будівлею, висіла колотівка. І стояв борсук.

Старий борсук! Інколи в сутінках він мав звичку нюшити довкола. Побачивши його вперше, Петсон поставився до нього з осторогою, оскільки чув розповіді про борсуків, які нападають, коли самі чогось бояться. Але цей начебто довіряв людям, бо весь час вибігав на дорогу, як хто йшов.

— Привіт, борсуче, — мовив Петсон.

Борсук звів очі вгору й, побачивши дідуня, тут же перевальцем почапав геть і зник у траві на пагорбі.

— Фіндусе! — покликав Петсон. — Ти тут?

— Та-а-ак! Я тут! — долинуло від купи мотлоху. А там, у старому відсирілому ящику з іржавим брухтом та сухим листям стояв його любесенький Фіндус і радісно підстрибував.

Петсон підняв його і котик міцно вчепився йому в передпліччя.

— О, Петсоне, — пропищав він. — Ти врятував мене від страшнючого звіра. Забери мене додому! Я не хочу тут сидіти. Тут небезпечно для життя.

— Та ні, — відповів Петсон. — То блукав старий борсук. Він не їсть котів. Якщо ти його не дуже розсердиш, то він тебе не зачепить. Тож тут немає нічого страшного.

Краще познаходь усі лазівки, щоб знати, де ховатися, якщо прибіжить лис чи який-небудь пришелепкуватий собака. Ану ж погасай тут трішки, а я посиджу й почекаю.

Фіндус, здається, завмер од жаху: він щосили схопив Петсона за великий палець, але дідуньо випручався й опустив кота в іржаву бочку.

— Тут нема чого боятися, — сказав він. — Я сидітиму поруч.

Фіндус несміливо роззирнувся навсібіч. Потім перестрибнув через стару пилку й заскочив на іржавий велосипед. А тоді вже наважився зіскочити на землю.

Він лазив і там і сям, усе роздивлявся і вряди-годи висовував ізвідкись голову й кричав: «Агов, Петсоне!».

Дідуньо сидів, аж поки сонце підбилося понад верхівками дерев, і чекав, поки кіт вивчить кожен закуток за столярнею і довгий відтинок дороги в бік пагорба.

Потім вони почимчикували снідати. Петсон спитав про черевики та шкарпетки, які вказували дорогу.

— Ні, це не я їх там поклав, — відповів Фіндус. — Мені допомогли мишустики. Це мої друзі. Вони теж тут живуть.

— Он як, — трохи здивовано промовив дідуньо. — Коли ти так кажеш, то так воно, мабуть, і є. Тоді я, напевно, більше ніколи не відчуватиму самотності. Якщо я маю і сусідів, і курей, і мишустиків. І того малого котика... Ну а тоді... еге ж, тоді вони жили довго й щасливо, — закінчив Петсон свою розповідь.

Фіндус лежав на Петсоновому животі й задоволено всміхався.

— Той малий котик — це я, — мовив він.

— Авжеж, ти, — сказав дідуньо. — Яке щастя, що я тебе знайшов, перш ніж ти потрапив борсукові на зуби.

— Ха, він не страшний, — мовив Фіндус. — Тепер ми друзі. Він добрий.

— Ти, звісно, можеш дружити з усіма.

— Аг-г-га... — сказав кіт і задумався. — Але в кожнім разі найкращий мій друг — ти.

— Гм-м, — сказав дідуньо й усміхнувся. — Так воно і є.

Мишустики, яких уміє розпізнавати Фіндус, живуть у Петсоновій садибі і можуть з'являтися коли завгодно і де завгодно. Скільки мишустиків ти бачиш у саду?

Отже, якщо ти запитаєш Петсона, він відповість: 0. Але це, мабуть, тому, що він їх не бачить. Якщо дідуневі допомагатиме лічити Фіндус, то загалом вийде 32 мишустики. Хіба це правильно? Якщо ти лічитимеш самостійно, то, може, спершу налічиш 5, але потім побачиш мишустиків на дереві і зрозумієш, що їх 9. А якщо буде 10, це означатиме, що ти полічиш якогось мишустика двічі й тоді доведеться віднімати 1.

Ось так у садибі Петсона з'явився кіт.
Відтоді вони живуть і вигадують
усілякі розваги разом.
Хоча більше вигадує Фіндус.
Ти знаєш, яку гру він придумав
якось для Петсона?

Чи знаєш ти Петсона і Фіндуса?

Бачите поміж полями та луками невеличку садибу? Там є курник, столярня, дровітня, вбиральня, сад і звичайний будинок. У ньому живуть дідуньо Петсон і кіт Фіндус.

Якось Фіндус вигадав нову гру.

— Петсоне, — сказав він, — я сховав деякі речі, а ти повинен їх знайти. Одна штуковина стоїть у будинку, де всі кудкудакають.

— Ти ба, ану ж, побачимо... Ну ось: тут тільки те й роблять, що кудкудакають, — сказав дідуньо і зайшов у курник.

— Ми знаємо, де вона, — закудкудакали кури.

— Цитьте! — попросив Фіндус. — Мовчіть!

В одному гнізді Петсон знайшов каструлю.

— Молодець! — вигукнув Фіндус. — Друга штуковина лежить там, де стукають і грюкають.

Петсон завжди стукає, грюкає і майструє всілякі дивовижі у столярні. Туди вони з Фіндусом і подалися.

— Тут дуже всього багато, — мовив Петсон.

— Але є те, чого зазвичай тут не буває, — сказав Фіндус.

Петсон заходився шукати.

Врешті-решт він знайшов три яйця.

— Молодець! — крикнув Фіндус. — Поклади їх у каструлю. Третя штуковина стоїть там, де в землі ростуть довгі плоди.

Дідуньо на хвильку замислився. Потім вони пішли на грядку городини. Кіт стрибав попереду, кури — за ним.

На грядці росли морква, боби, картопля, ревінь і багато чого ще. Поміж усієї тієї зелені Петсон знайшов бідон.

— Молодець! А в бідоні є молоко, — сказав Фіндус. — Четверта штуковина стоїть у приміщенні, де є плита.

— А де може бути плита? — спитав Петсон.

Вони пішли в кухню.

— У тій штуковині можна пекти кругленькі витребеньки.

— Гм-м. Здається, я розумію, про що ти говориш, — сказав Петсон.

І тут він знайшов сковорідку, в якій печуть млинці.

— Тобі, либонь, хочеться млинців? — спитав дідуньо.

— Та-ак! — крикнув Фіндус. — А як ти здогадався?

Вони розмішали в каструлі яйця, борошно, молоко і додали трішки цукру.

Поки Петсон пік млинці, Фіндус голосно читав йому книжку:

— Жив собі кіт, у якого був дідуньо, що пік млинці...

Щоправда, він просто вигадував. Фіндус не вмів читати.

Згодом вони сиділи в саду, пили каву і їли млинці з варенням.

У кущах бузку співали пташки. Мукала корова. А загалом було тихо й спокійно.

— Це добре, що ти тут живеш, — озвався Фіндус.

— А я думаю: добре, що ти тут живеш, — відгукнувся дідуньо.

— Атож, бо ми з тобою найкращі друзі, — мовив Фіндус.

— Твоя правда, — погодився Петсон. — Цим усе сказано.

Млинцевий торт

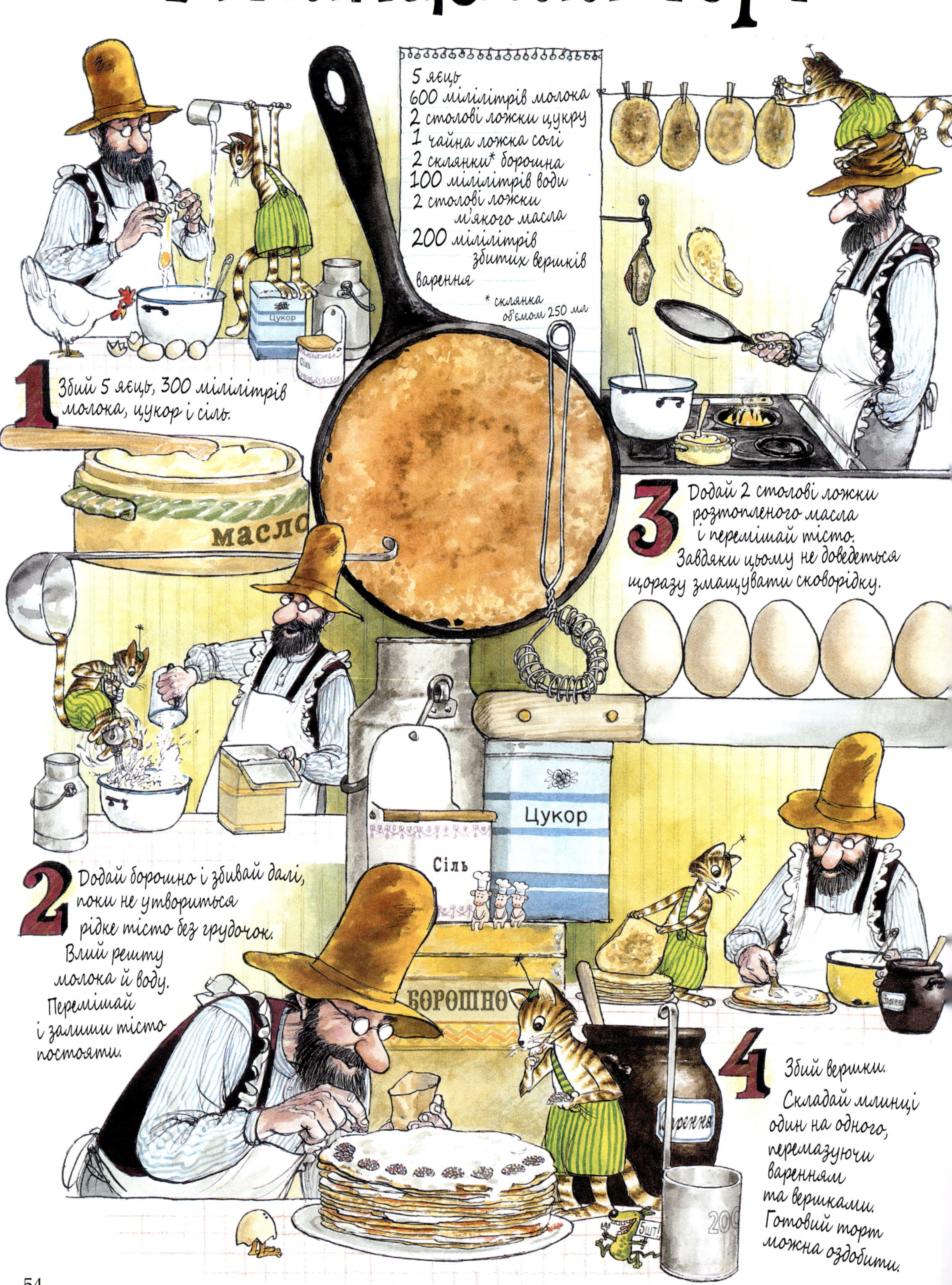

Тобі захотілося млинців?
Тоді приготуй
найсмачніший у світі
млинцевий торт!

Найбільше в світі Фіндус любить млинці.
Як добре, що він не лис,
бо тоді йому довелося б їсти курей!
Але Петсон і Фіндус не хочуть,
аби лис поїв їхніх курей,
тож одного разу вони вирішили
добряче його налякати...

Полювання на лиса

На невеличкому сільському хуторі жив собі дідуньо Петсон зі своїм котом Фіндусом. Мали вони кількох курей у курнику та вдосталь дров у дровітні, а всі інші необхідні речі складали в столярні. До них рідко навідувались гості, одначе Петсон тим не переймався.

І от одного дня прийшов до них сусід Ґуставсон — зі своїм собакою на повідку й рушницею через плече. Він був похмурий, як ніч.

— Привіт, Петсоне, — мовив він. — Чи й до тебе навідувався лис?

— Ні-і, тут лисом і не пахло. Не бачив я ніякого лиса, — відповів Петсон.

— Якби він сюди навідався, ти неодмінно його помітив би, — буркнув Ґуставсон. — Він краде курей. Уночі заскочив на моє подвір'я й потягнув одну курочку. Але більше йому таке не вдасться. Наступного разу, як тільки я його загледжу, то застрелю. Тож приготуй, Петсоне, й свою гвинтівку. Вночі він, напевно, прийде сюди, коли побачить, що я своїх курей замкнув.

І Ґуставсон пішов геть.

— Он як, ти гадаєш, що сьогодні ввечері прийде лис, — промимрив Петсон собі під ніс, дивлячись Ґуставсонові вслід. — Тоді нам краще зараз же замкнути курей. Правда, Фіндусе?

Кіт заліз Петсонові на капелюх ще тоді, як з'явився Ґуставсон із собакою.

— Мені здається, тобі треба замкнути Ґуставсона, — відповів кіт, проводжаючи гостей сердитим поглядом. — Я аніскілечки не довіряю старим дідам із рушницями.

Петсон засміявся.

— А, тобі не до вподоби, що Ґуставсон застрелить лиса? — спитав він. — Ну, тоді той лис прийде й поїсть курей.

— *Лиса* не слід убивати. Його треба обдурити. Я завше так роблю, — відповів Фіндус.

— О, можу собі уявити, — хихикнув Петсон. — Я з тобою згоден, Фіндусе. Гріх убивати *лиса*. Певно, придумаємо якийсь інший спосіб його налякати, щоб він більше ніколи не захотів курки.

І Петсон поринув у глибокі роздуми. Часом, коли йому в голову заходила якась путяща думка або коли він розумів, що думка, яка щойно зайшла йому в голову, не така вже й путяща, то щось вигукував. Урешті-решт він підскочив і замурмотів, потім злякано зойкнув, потім стиха реготнув і спитав:

— У нас є перець?

— Кілька кілограмів, *либонь*, завжди знайдеться, — відповів Фіндус.

— Тоді гайда майструвати курку, — сказав Петсон. — Тобі краще піти зі мною до столярні, а то ще примчить лис та й злапає тебе.

— Ні-і, на таке він не наважиться, — заперечив Фіндус, але все-таки почимчикував за Петсоном.

У столярні було все необхідне для того, щоб налякати лиса. Петсон знайшов серед швецького начиння маленьку білу кульку й моток дроту. Потім заповзявся длубатися в старій сумці, що стояла на полиці.

— Де перець, Фіндусе? — суворо спитав Петсон. — Він повинен лежати тут і ніде інде. У мене кожна річ має своє місце, ти знаєш.

— Наскільки я знаю, перець ніколи не лежав у тій сумці, — спокійно відповів Фіндус. — Оскільки він завжди — у багажнику велосипеда, тобі пора вже це знати.

— Ну, авжеж, так воно і є, — сказав Петсон і вийняв із багажника великий пакет перцю.

Він натягнув кульку на лійку й насипав усередину стільки перцю, скільки влізло. А тоді надув кульку так, що вона мало не луснула.

— Тепер нам знадобиться трохи пір'я. У тебе, Фіндусе, є пір'я?

— У мене, звісно, немає ані пір'їнки, — відповів кіт. — Запитай у Пріллан.

Пріллан була найголовнішою куркою. Вона сиділа в потайному віконці поміж столярнею та курником і пильно стежила за тим, що робили дідуньо з котом.

— Пріллан! Нам потрібне пір'я, щоб налякати лиса. Кожна з вас має пожертвувати пір'їну. Задля власної безпеки.

Пріллан міцно стулила дзьоба й гайнула до решти курей. Поки вони кудкудакали й сперечалися, Петсон обмотав кульку дротом і зігнув його так, що з'явилися шия й лапи, наче в курки.

Аж тут вернулась Пріллан із торбинкою пір'я.

— Потім ви його нам віддасте, — рішуче заявила вона.

— Авжеж, віддамо, — відповів Петсон та й заходився приклеювати пір'я до кульки. Він майстрував дзьоба, червоного гребеня й хвоста, а кіт йому допомагав. Коли вони врешті-решт із тим упоралися, кулька таки стала схожа на курку.

— Вона гарна, — сказав Фіндус. — Що з нею буде далі?

— Її вкусить лис, — веселенько відповів Петсон. — Розумієш, він тишком-нишком підкрадеться сюди вночі й побачить цю курку, що стоятиме сама, як палець, посеред подвір'я. Тоді він підскочить до неї і жадібно накинеться: «ГАР-Р-Р!», а потім зажене в неї зуби так, що вона лусне: «ЛУ-ЛУСЬ!». Він так перелякається, що почне хапати ротом повітря: «Охо-хо!», і перець потрапить йому в рот і ніс, і він заходиться чхати й плюватися, і згодом більше ніколи в світі не захоче ласувати курятиною.

Кури зааплодували, а Фіндус із гордістю подивився на свого дідуня:

— Ну, Петсоне, у тебе й голова!

Вони поставили курку на подвір'ї та й ну її роздивлятися.

— Яка вона гарна! — сказав Фіндус.

— Атож, — поважно згодився Петсон.

Тоді запала мовчанка.

— Цікаво мені знати, чи цього досить, — сказав Фіндус. — Може, варто вчинити ще й трохи шуму, раз ми вже таке задумали? Щоб лис насправді втямив, який він тут небажаний.

— Невже тобі подобається шум? — запитав Петсон, примруживши очі.

— Ні, не дуже, — байдужки відповів кіт. — Я просто непокоюся за бідолашних курей.

— Овва, то ти непокоїшся за них? Тоді все ясно, — сказав Петсон. Він потер собі носа й про щось замислився. — Але, мабуть, ти маєш слушність. Звісно, ми можемо прилаштувати трохи хлопавок — про той випадок, якщо в нього не варитиме голова. Краще ходімо звідси, щоб курка, бува, перед тобою не вибухнула.

— Ет, я ж не якийсь там лис! — пирхнув Фіндус, але таки подався вслід за господарем.

Петсон повернувся до столярні й почав щось шукати в давніх бляшанках із-під фарб, що стояли на каміні.

— Де хлопавки? Чи можу я почути відповідь? — спитав він і суворо глянув на Фіндуса. — Позавчора тут було повно хлопавок, а тепер їх як лизь злизав. Га, Фіндусе?!

— Наскільки мені відомо, вони завжди лежали біля дверей, у коробці з-під капелюха, — розважливо відповів Фіндус.

— Ага, можливо. Достеменно так, — буркнув Петсон, беручи з тієї коробки хлопавки, запалювальний шнур та бенгальські вогні й напихаючи ними кишені.

Потім вони вийшли зі столярні і розклали хлопавки довкола подвір'я. Петсон поз'єднував їх запалювальним шнуром, якого протягнув крізь шпарину попід вхідними дверима у передпокій аж до самого ліжка в спальні. Там поклав і коробку сірників.

— Готово. Мабуть, цього вистачить, щоб налякати лиса, — сказав він. — А відбуватиметься все отак: як тільки лис уночі навідається, то стрибне на куркукульку й зажене в неї зуби так, що та курка вибухне. І тоді, коли ми почуємо луск, я підпалю шнур, і тієї ж миті довкола цілого подвір'я почне стріляти, тріщати та блискати. І якщо він ТОДІ не злякається, то я вже й не знаю, що то за лис.

Фіндус стояв мовчки й не зводив погляду із запалювального шнура. Потім озвався:

— Але ж лиси все-таки дурні. Хтозна, чи вистачить кількох хлопавок, аби вони допетрали, що красти курей не годиться. Може, налякаємо його ще й привидом, раз ми вже таке задумали?

— Гм-м-м, а хай тобі абищо з твоїми привидами! Я певен, що цього вистачить.

Одначе він таки замислився, як же влаштувати гарне видовище з привидом. І чим більше про це думав, тим веселіше йому ставало. Невдовзі він уже стояв на подвір'ї, щось мурмотів собі під ніс і розглядався — угору, праворуч і ліворуч. А тоді проголосив:

— Зараз ми натягнемо канатну дорогу. Краще ходімо звідси, Фіндусе, а то ще почне лускати в тебе за спиною.

— Ет, які дурниці, — скривився Фіндус, та все ж подався вслід за господарем.

Петсон заходився придивлятися до стіни столярні.

— У МЕНЕ була колись ДО-О-ОВЖЕ-Е-ЕЛЕ-Е-ЕЗНА мотузка. Я ГАРНЕ-Е-ЕНЬКО її скрутив. І повісив на ОЦЬО-О-ОГО цвяха. Тепер там висить якась СКРИПКА! Це твої ВИБРИКИ, Фіндусе?

Фіндус невдоволено застогнав:

— Ти ніколи, Петсоне, не вішав ніякої мотузки на цього цвяха. Ти поклав її в автомобільну шину.

— Аг-га, напевно, так і було, ну що ж, — промимрив дідуньо, витягаючи мотузку із шини. Тоді знайшов простирадло для привида й коліщатко, прикріплене до залізного стержня.

Дідуньо вийшов надвір і натягнув мотузку між дахом великого будинку й деревом із другого боку подвір'я. Потім він зачепив коліщатко за мотузку.

— Ходи сюди, Фіндусе: тепер можеш їхати мотузкою.

Кіт виліз по драбині вгору, і Петсон, нап'явши на нього привидецьке простирадло, показав, за що йому триматися. Потім відпустив.

— ЙО-ЙО-ЙО-ЙО-ЙОЙ! — кіт-привид перелетів через усе подвір'я і за кілька секунд заскочив на дерево з другого боку.

— Усе має вдатися, — сказав Петсон. — І ось як воно буде. Коли я підпалю вночі шнур, ти гайнеш на горище і натягнеш на себе привидецьке простирадло. А як тільки надворі почне з усіх сил тріщати й блискотіти, ти шугнеш у вікно, повиснеш на канаті й, пролітаючи над самісіньким лисом, закричиш не своїм голосом: «КРАСТИ КУРЕЙ НЕ ГОДИТЬСЯ!». Отоді він, мабуть, усе й допетрає.

— Очевидно, допетрає, — згодився Фіндус. Тепер він був задоволений. Адже він неодмінно побачить феєрверк та ще й побуде привидом на канатній дорозі!

— Цього вистачить із головою, — промовив Петсон. — Тож ходімо до хати пити каву.

І вони пішли.

Заповідався захопливий вечір.

Ще до смеркання Петсон загнав усіх курей у кухню. Він звелів їм нишкнути й по черзі стояти на чатах за вазоном на підвіконні. Якщо загледять лиса, нехай біжать будити Петсона.

Увечері дідуньо кілька разів обходив подвір'я й перевіряв, чи твердо стоїть курка-кулька, чи не пошкоджено, бува, шнур і чи із самого краю каната висить коліщатко.

Коли вони повкладалися спати, то ще раз обговорили, як усе відбудеться: посеред ночі, тільки-но вони проваляться в глибокий сон, з'явиться лис. Він підбіжить до курки-кульки, зажене в неї зуби, й вона вибухне. Тоді вони прокинуться. Петсон підпалить шнур, а Фіндус гайне на горище. Коли на подвір'ї зчиниться страшенна тріскотня, Фіндус повисне на канатній дорозі й помчить по ній із криком: «КРАСТИ КУРЕЙ НЕ ГОДИТЬСЯ!». І тоді лис дасть драла й більше ніколи не повернеться. «Отак воно цієї ночі й буде», — думали вони. За кілька годин, як вони поснуть. Чи за кілька хвилин? Чи наступної миті?

Мало-помалу Фіндус так стомився від переживань, що й заснув. Але Петсонові не спалося. Він просто лежав, нашорошивши в темряві вуха, й чекав. Одначе все було тихо.

А втім, ні! Здається, щось шаруділо. Чи то йому тільки вчулося, що хтось поночі шастав подвір'ям?

Петсон підвівся з ліжка, навшпиньки подибцяв до вітальні й заглянув у вікно. Там був лис!

Він скрадався довкола курника й нюшив. Був якийсь переляканий. На нього жаль було дивитися: малий, худий ще й кульгав на задню лапу.

«Либонь, тому він і краде курей, — подумав Петсон. — Мабуть, не має сили ловити зайця. Таж у нього станеться серцевий напад, якщо ми влаштуємо феєрверк. Я не наважуся підпалити шнур».

Аж ось лис помітив курку-кульку, що стояла сама, як палець, на подвір'ї. Поволеньки-поволі він підкрадався до неї... тоді чимдуж побіг! І зненацька зупинився прямісінько перед нею. Обережно понюшив, тоді відскочив од неї і зник за будинком.

Петсон метнувся до причілкового вікна, щоб глянути, що сталося із лисом. Перестрибнувши через паркан, той сидів собі й дивився на будинок. Дідуневе серце стиснулося від жалю. «Який жах, що Ґуставсон збирався його вбити», — подумав він.

Лис сидів на одному місці, ледь помітний у темряві. Дзиґарі на стіні поволі цокали. Усюди панували тиша й спокій.

Тоді щось ЯК ТРІСНЕ!

То вибухнула кулька! Хтось почав чхати й на повен голос плюватися. Фіндус підлетів угору, мов на спортивній маті, й зарепетував: «Підпалюй шнур, Петсоне!». Та, побачивши, що дідуся немає, сам підпалив шнур — і за мить довкола цілого подвір’я почало тріщати, лускати й блискати.

Фіндус гайнув на горище, натягнув на себе привидецьке простирадло, відчинив вікно та й помчав канатною дорогою із криком: «НЕ ТРЕБА СТРІЛЯТИ В ЛИСА!».

Що? Таж він не це мав казати. Він помилився!

Одначе таки ні, не помилився. Бо саме тоді, як йому одібрало мову, він побачив, що посеред цієї катавасії стояв не лис, а Ґуставсон! Він був із рушницею в руках, а біля нього скавулів собака. Ґуставсон витріщився на привида, що теліпався в повітрі, а тоді пожбурив від себе рушницю й жалібним голосом пропищав:

— Ні-і-і, обіцяю ніколи більше не стріляти в лисів. Облиш! Відпусти мене!

Тоді враз усе вщухло. Феєрверки закінчилися, а кіт-привид зник на дереві. Собака утік, а спантеличений Ґуставсон стояв і розглядався навсібіч. Лише одна маленька хлопавка, що не встигла луснути, лежала й тихесенько сичала: «Пф-ф-ф-ф-ф... ПУФ-Ф!». Ґуставсон заревів од жаху й мерщій кинувся на дорогу.

Коли все довкола вляглось і вгамувалося, Фіндус стрибонув із дерева й побіг на кухню. Там сидів Петсон і сміявся.

— Молодець, Фіндусе, — сказав він. — Сталося не так, як гадалося, та лис, напевно, вже сюди ніколи не навідається.

— Таж то був не лис, а Ґуставсон, — сторопів Фіндус. Він був геть розчарований.

— Так, я бачив. Але й лис тут ошивався. Коли ти спав. Та йому не захотілося курятини. Він сидів за парканом і нажахано дивився на феєрверк. І, мабуть, теж бачив, як курка-кулька вибухнула, бо після того пробрався на кухню й наткнувся на десятьох курок, що витріщили на нього очі. Одначе він їх не зачепив. Лис так перелякався, що відразу ж накивав п'ятами. Либонь, думав, що й вони вибухнуть. Хоча йому все-таки вдалося прихопити із собою шоколадний пудинг, який ми вранці мали їсти на десерт.

— Ну й лисяра, — мовив Фіндус. — Проте… нехай собі пригощається. Ти залюбки спечеш іще один шоколадний пудинг, еге ж, Петсоне?

О так, Петсон залюбки спече шоколадний пудинг.

Що можна змайструвати?

Зробити таку курку, яка вийшла у Петсона та Фіндуса, нелегко, зате можна створити багато чого іншого. Фіндус любить допомагати Петсонові у столярні. Поглянь, що тут можна змайструвати!

Автомобільчик
Хатинку
Ящики
Будиночок для ляльок і ведмедиків
Шпаківню

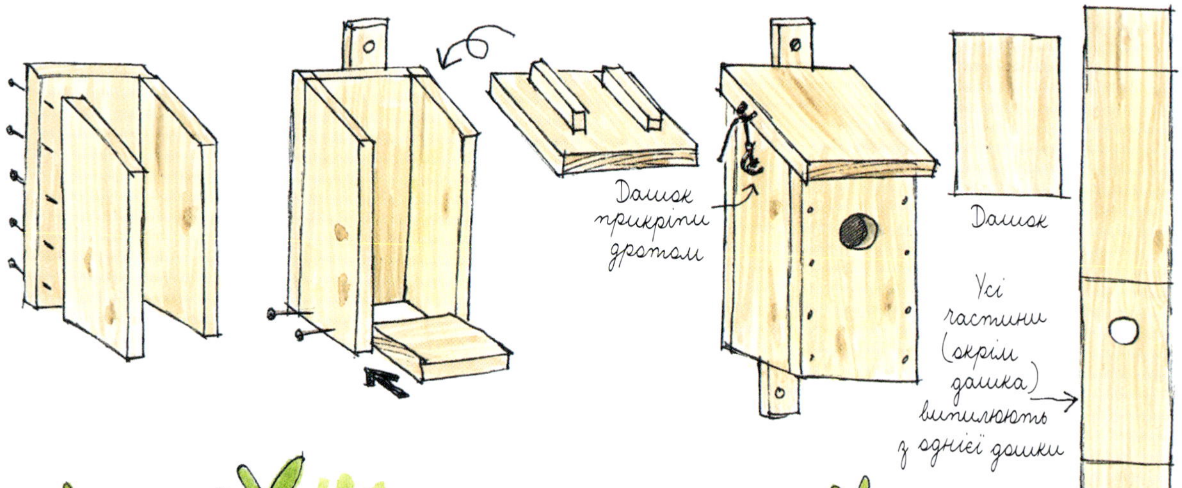

Дашок прикріпи дротом

Дашок

Усі частини (окрім дашка) випилюють з однієї дошки

Після того страшенного феєрверку
лис більше не навідувався
до Петсонових курей.
Але одного дня їхній спокій
порушив хтось інший,
хоч насправді він здебільшого
заважав лише Фіндусові.

Хвилина півнячого кукуріку

Дідуньо Петсон мав невеликий будинок із садом, дровітню, столярню і курник для десяти курей.

Часом кіт Фіндус, байдикуючи на подвір'ї, заходжувався дражнити курей. А потім вони одне за одним ганялися. Після Петсона найкращими Фіндусовими приятелями були кури.

Одного дня Петсон приніс додому картонну коробку. Він пішов у загороду для курей і зачинив її за собою:

— Краще постій там, Фіндусе.

Він відкрив коробку, і з неї вилетіло щось велике й брунатне.

— Ґвалт! Сова! — загорлав Фіндус.

— Та це ж півень, хіба ти не бачиш? — здивувався Петсон. — Він тепер житиме у нас.

Півень приземлився в одному кутку загороди й недовірливо роззирнувся.

— Житиме у нас? Що в цьому доброго? Невже нам не вистачає курей? — спитав Фіндус.

— Мені стало жаль, що Ґуставсон зварить півня в горщику, тож я забрав його собі, — відповів Петсон. — Ось побачиш, як тепер кури зрадіють.

Коли це поприбігали кури — побачити, що відбувається.

— Гляньте! У нас завівся півень! Який же він красень! — закудкудакали вони. — Це так доречно, Петсоне! Він нам дуже потрібен.

Фіндус сердито витріщився на курей.

— Навіщо потрібен? Кому потрібен півень? За все життя в мене ніколи ані на мить не виникала потреба мати півня.

— Так то ж у тебе, — мовив Петсон. — А цим нетямущим істотам треба, щоби хтось за ними наглядав.

— Е ні, старий, — озвалася Пріллан. — Якщо хтось нетямущий, то це ти. Справа в іншому.

І ось півень уперше закукурікав. «Як сильно й красиво», — подумали і кури, й Петсон. «Мов недорізаний», — подумав Фіндус.

— Гарно кукурікає, — сказав Петсон. — Мені здається, його треба назвати Юссі, на честь Юссі Б'єрлінґа*.

* *Знаменитий шведський оперний співак (1911–1960).*

— А мені здається, його ніяк не треба називати, — сердито мовив Фіндус.

Кури зааплодували й від захоплення скупчилися навколо півня. Йому стало приємно, він витягнув шию і прокукурікав іще раз.

— Глянь, який він гарний, коли витягає шию перед курми, — мовив Петсон. — Скільки гідності!

— Пхе! Гарний! Де там! — засичав Фіндус. — Мені здається, що він смішний. Весь час дере голову догори. Кури робитимуть усе йому наперекір. Сподіваюсь, він витягне шию так, що вона в нього просто переламається!

Минуло кілька днів, але більше не було жодних розваг. «Звідтоді, як з'явився півень, усе змінилося», — подумав Фіндус. Кури вже зовсім не бажали з ним гратися, хоч він намагався вигадати дуже кумедні ігри.

От, скажімо, він хотів допомогти Фії-Гнойовичці політати. Фіндус поклав на поліно дошку, і вийшла гойдалка. Потім на край дошки, що торкався землі, примостив пів бутерброда, а тоді видерся на гілляку, яка висіла над дошкою. І коли Фія-Гнойовичка стала на дошку, щоб з'їсти бутерброд, Фіндус чимсили стрибнув на другий край дошки, і курка вилетіла, як із катапульти, й пролинула кілька метрів у повітрі.

«От здорово, — подумав Фіндус. — Так високо вона ще зроду не літала». Їй годилося б зрадіти, а вона не зраділа, і то, звісно, через півня. Якби він не прибіг, не насварив Фіндуса й не прогнав його геть, то вона, звичайно, посміялася б із себе та й квит.

І так було весь час. Тільки-но Фіндус проходив неподалік, з'являвся півень і проганяв його геть. А кури ніяк, жодним словом за нього не заступалися.

І тепер усе було не так, як тоді, коли Фіндус жартома любив ганятися за курми. Півень по-справжньому бив його дзьобом, якщо кіт не встигав утекти. То було зовсім невесело.

Та найгірше було все-таки кукурікання.

Півень починав кукурікати ще навіть до того, як Фіндус прокидався. Потім він кукурікав майже цілий день — знов, знов і знов.

Після трьох днів півнячого кукурікання Фіндусові здалося, що він збожеволіє. Спершу він намагався й собі кричати тоді, як півень кукурікав, але від того не ставало тихіше.

Тоді він наклав повну балію покришок від каструль, що тільки познаходив у кухні, й потягнув її на подвір'я. Коли півень кукурікав, Фіндус починав кричати ще дужче й торохтіти балією так, що здіймав страшенну гуркотню. Але з цього вийшло тільки те, що прибігли кури і Петсон, який попросив його не торохтіти.

— Тобі ж здавалося, що тут занадто тихо, — закричав Фіндус. — Це несправедливо! Йому можна кричати скільки заманеться, а мені навіть співати не можна!

Півень закукурікав.

— ЦИТЬ! — крикнув Фіндус. — Петсоне, скажи йому, нехай заткне пельку, а то я звідси піду!

І він побіг у будинок, піднявся на горище, заліз у свій потайний сховок і заткнув вуха. А ще він був настільки розлючений і зажурений, що не знав, куди подітися.

Тепер уже й Петсон занепокоївся. Гірко на душі, коли Фіндус журився і був у кепському гуморі. А крім того, уже й Петсон почав думати, що кукурікання було таки забагато. Деякі півні кукурікають зовсім трохи, коли-не-коли, — так собі уявляв Петсон. Але цей поводився, мов навіжений. Не допомогло й те, що Фіндус намагався його перекричати.

Увечері, коли кури й півень полягали спати, Фіндус вийшов зі свого сховку. Похмурий і зіщулений, він сів коло Петсона у бузковій альтанці.

Саме зараз, відколи з'явився півень, настала найкраща пора дня. Коли надворі лишилися він, Петсон і ластівки, що пурхали над їхніми головами, а вони сиділи, насолоджуючись тишею і спокоєм.

— Ти думаєш, він тепер мовчатиме? — пробурмотів Фіндус.

— Атож, тепер усе буде спокійно, — сказав Петсон.

У повітрі стояла тиша. Ген удалині замукала корова.

— Здається, ви разом не вживетеся, — по хвилі мовив Петсон.

— А ні, — сказав Фіндус. — Хіба він повинен жити тут завжди?

— Мабуть, випробуємо ще трохи. Я скажу йому, щоб не кукурікав так часто.

— Одного кукурікання на день вистачить, — мовив Фіндус.

— Навряд чи він на це пристане. Але, може, хоч коли-не-коли. Побачимо, що буде завтра.

Наступного ранку Петсон знайшов півня і пішов із ним до дровітні, щоб їх ніхто не чув. Там він поважно подивився на Юссі, а Юссі закукурікав так, що обвалилися дрова.

— Ти красивий півень і гарно кукурікаєш, — мовив Петсон. — Проблема лише в тому, що... ти, правду кажучи, забагато кукурікаєш. Ми цього не витримаємо. Дуже великі півні кукурікають зовсім трохи, коли-не-коли. Всього якусь мить, абощо. Мені хотілося б, щоб і ти так робив. А то я поверну тебе Ґуставсонові.

Півень знав, що тоді з ним станеться, тож мусив поступитися. Та аби тільки показати, що за півня ніхто нічого не вирішує, Юссі запропонував таке: він кукурікатиме не скільки заманеться, а п'ять хвилин щогодини. Дідуньо погодився.

Петсон повісив на стіні курника годинник із зозулькою. Щоразу, як зозулька висовувалася з нього й кувала, півень також мав кукурікати. Спершу він весь час стояв перед годинником, не зводив із нього очей і просто чекав. Кури трішки занепокоїлися, бо відчули, що й вони повинні стояти й дивитися на годинник, хоч гадки не мали чого.

Тієї миті, як зозульчине віконце відчинилося, півень заходився кукурікати. Голосне, пронизливе, безперервне кукурікання упродовж п'яти хвилин було таке сильне, що навіть кури захвилювалися, закудкудакали, забігали й поховалися.

Петсон зайшов до гардероба й зачинив за собою двері. Тим часом Фіндус уже сидів у своєму сховку на горищі, накривши подушкою голову й заткнувши вуха.

Цілий день кожної години півень кукурікав п'ять хвилин. Часом п'ять хвилин тягнуться надзвичайно довго. Наприкінці дня кури прийшли подивитися, котра година. На той час вони покинули всю свою роботу. За хвилину до п'ятої кури розбіглись і поховалися, а півень лишився сам, втупивши очі в годинник із зозулькою.

О п'ятій годині він уже зовсім не мав сили кукурікати. Йому страшенно хотілося, аби хутчій настала шоста, щоби піти спати. Однак таки спробував закукурікати востаннє, хоч голос у нього геть захрип, і прокукурікав лише хвилину.

Йому було недобре. Сумний, як ніч, він подався у курник, не переймаючись тим, що забув погукати курей.

Петсон вийшов із гардероба в той час, як Фіндус спустився з горища.

— Ти думаєш, що він уже накукурікався? — спитав Фіндус.

— Здається, так, — відповів Петсон. — Напевно, виснажливо так кричати. Адже він не витримав і п'яти хвилин. Поговорю з ним знов.

— Атож, поговори, — мовив Фіндус. — Скажи йому, що звариш його в горщику.

Не набагато краще вийшло й наступного дня, хоч Петсон попросив півня кукурікати тихіше й швидше. Щогодини Юссі надривався в безперервному істеричному кукурíканні, що пронизувало цілу околицю. Може, то тривало не так довго, як раніше, але Фіндус вважав, що крику було таки забагато.

Як же Фіндус утомився від півня! Йому здавалося, що цей півень усе зруйнував. Перед ним постійно запобігали, на півня витрачався цілий день. Якщо він таки годину мовчав, то Петсон непокоївся і змушений був його шукати, щоб переконатися, чи нічого не сталося. А раз дідуньо навіть викопав черв'яка і дав йому з'їсти, оскільки подумав, що голос у півня зривається через те, що він замало їсть. А от для Фіндуса Петсон ніколи не викопав жодного черв'яка. Вже того ж вечора Фіндус вирішив, що сам піде й поговорить із півнем.

Він нашкрябав на аркуші паперу якісь карлючки — так, як звичайно робив Петсон, коли щось писав. Тоді пішов до півня, що сидів на бантині в оточенні своїх курей.

— Я маю повідомлення від Петсона, — заявив Фіндус владним тоном. — Дідуньо занедужав од усього цього лементу, тож загадав мені сказати вам те, що він написав на аркуші паперу.

Він розгорнув аркуш і прочитав:

— Від завтрашнього дня півневі дозволяється кукурікати лише хвилину вранці і хвилину ввечері. Інакше він опиниться в горщику.

Зчинилося обурене кудкудакання. Кури залементували, а півня охопила розпука. Він зроду не чув такого, щоб півень кукурікав лише двічі на день. Це неприродно для півня.

Однак Фіндус не поступався, і Юссі обіцяв спробувати.

Наступний день у житті Юссі виявився найважчим. Уранці він гарно прокукурікав — голосно й пронизливо, немов подав повітряну тривогу, і збудив усю околицю до самої крамниці. Але потім із тим стало сутужно. Вже за якусь годину він почав пробувати подавати голос, а виходило дедалі гірше й гірше. Він спромігся лише кілька разів жалюгідно простогнати. І таке з ним діялося цілий день — він не здатен був думати ні про що інше, як про те, щоб дотримуватися тиші.

Майже всі кури вважали, що він витрачає свої зусилля на те, як би себе перехитрити, замість того, щоб бути до них уважнішим. Петсон замислився. «Та нехай би вже кукурікав трохи більше; то, звичайно, було б весело, хоч усе-таки годилося б дотримуватися якогось порядку», — подумав він, але не сказав нічого.

Фіндус залюбки ще щось втелентував би. Але надвечір, коли побачив, як відважно Юссі сам себе поборював і як страждав, Фіндусові стало навіть жаль півня. Він мучився від нечистого сумління через те, що збрехав, тож навіть став міркувати, чи не розповісти півневі, що сам вигадав того листа. Однак не наважився.

Увечері вони почули півняче кукурікання. Воно розляглося над околицею голосним, жалібним звуком. Кури звели на Юссі захоплені погляди — раділи, що півень до них повернувся. «Нехай би так і кукурікав», — подумав Петсон. І навіть Фіндусові сподобався той звук, надто через те, що Юссі кукурікнув лише тричі.

Потім запала неймовірна тиша.

Наступного ранку ніхто не закукурікав.

Коли Петсон вийшов надвір, щоб погодувати курей, вони всі сиділи в курнику й плакали. Півня не було.

— Він не витримав того, що йому не давали досхочу кукурікати. Він пішов, — захлипала Красуня-Стіна.

— Він полетів! Просто через загорожу... — озвалася друга.

— ...як орлан-білохвіст! Він, либонь, умів ще й літати, — додала третя.

— Він багато чого вмів, той півень...

— Ми ніколи його більше не побачимо. Нам не вистачатиме півня...

І кури заголосили.

— Однак він дуже гарно попрощався.

Петсон сторопів.

— Але... як же він тепер даватиме собі раду? Мабуть, можна було б усе обговорити...

— Він дасть собі раду, — сказала Фія-Золотинка. — Півні мають почуття гідності. Вони нічого не обговорюють.

Петсон вибіг надвір.

— Але... але... а що як його схопить лис?.. Або яструб... або якщо він помре з голоду...

Далі вони більше нічого не чули, бо дідуньо зник за деревами, що росли на пагорбі.

Його не було, може, з годину. Він обнишпорив усі усюди, але півня не знайшов.

Піндусові стало соромно. Власне, вийшло так, як йому хотілося. Хоч лише подумки хотілося. Тепер, коли це сталося насправді, то він пошкодував.

— Це через мене, — сказав Фіндус. А тоді розповів про лист.

Петсон звів на нього серйозний погляд.

— Ти справді вчинив негарно, — мовив він. — Та ще й від мого імені. Мабуть, тобі зараз дуже соромно.

— Я ж не знав, що він утече, — мовив Фіндус і ще дужче засоромився. — Може, він повернеться?

— Напевно, ні, — відповів Петсон. — Але ми все-таки будемо сподіватися.

Тепер на подвір'ї знов стало тихо.

Петсон у задумі дивився на курей, що вже трохи повеселішали. Здавалось, вони тепер переймалися іншими клопотами.

— Я думаю, що скоро в нашому курнику лунатимуть інші звуки, — мовив Петсон. — Цебто — пищатимуть курчата.

— І я так думаю! — жваво вигукнула Софія-Фія.

— І я! — вигукнула Ружинка-Золотинка й закудкудакала разом із рештою курей.

— Ми всі в цьому впевнені, — сказала Пріллан, що мала задоволений вигляд.

— А коли це станеться, ти повинен обережно з ними поводитися, — попередив Петсон Фіндуса. — Бо малі курчатка такого не витримають. Тобі доведеться бути насторожі, щоб сюди не занадився який-небудь кіт і не поїв їх.

Тоді навколо Фіндуса мовби щось засяяло, і він уже достеменно знав, що робитиме, коли день і ніч сидітиме під курником.

Курячі парфуми

Піндусові хотілося знову заприятелювати з курми. Він задумав виготовити для них парфуми. Ти теж можеш долучитися до цієї справи!

Роби ось так.

Зірви кілька свіжих листків пряних рослин, що ростуть на грядці: скажімо, кропу, лимонної меліси чи базиліку. Підготуй для кожної рослини окрему банку або полотняну торбинку. Дрібно поріж листя, аби воно стало іще пахучішим. Попроси друга чи подругу заплющити очі, понюхати вміст якоїсь банки і відгадати, що це за прянощі.

А тепер поклади у дві банки однакові трави, а в третю — інші. Поміняй банки місцями і запропонуй другові або подрузі визначити за запахом, які трави лежать у двох банках.

За бажанням можеш додати ще й прянощі, які тримаєш у комірці, скажімо, перець, імбир чи гвоздику.

Нарешті у садибі запанував спокій.
Та невдовзі Фіндус затужив
за новими пригодами.
А одного дня він знайшов
на горищі якийсь
чудернацький згорток...

Петсон, Фіндус і намет

Одного дня дідуньо Петсон поліз на своє горище й заходився шукати пакетик поплавців, що, на його думку, десь там валявся. Кіт Фіндус за своїм звичаєм йому допомагав. Коли Петсон трохи підняв коробку, Фіндус загледів щось схоже на зелену ковбасу. На чималу зелену ковбасу з брезенту.

Кіт застрибнув на неї та й ну балансувати. Як тільки він ступав уперед, вона відкочувалася назад. Як тільки він ступав назад, вона котилася вперед. А як тільки він спробував бігти, вона покотилася ще швидше.

— Глянь сюди, Петсоне! — скрикнув він.

Той підвів очі від коробки:

— Бачу, бачу. Гляди, щоб ти не покотився вниз, а то...

— Ряту-у-у-йте!

Ковбаса погриміла вузькою драбиною донизу, а кіт беркицьнувся за нею.

Петсон хутенько зліз із горища.

— Фіндусе! Як ти? Чи не забився?

— Аг-г-га, — запхинькав кіт. — Напевно, я скрутив собі вухо. Навіщо ти тримаєш на горищі такі небезпечні ковбаси?! — нетямився він.

— Та це ж намет, — відповів Петсон.

— Який іще намет? Що це таке? — допитувався Фіндус.

— Така собі хатка з брезенту, в якій можна спати, якщо, скажімо, мандруєш гірськими кряжами.

Кіт витріщився на дідуня так, ніби старий з'їхав з глузду.

— У ньому можна спати під час мандрівок? Ходити уві сні як сновида? З ковбасою на голові чи що?

— Ні-і, — терпляче відповів Петсон. — Скручений намет лежить усередині цієї торбини. Ось я тобі покажу.

Петсон витягнув із торбини намет і розгорнув. Учувши знайомий запах, він дуже добре пригадав ті почуття, що охоплюють людину, коли вона лежить у наметі. Правда, то було давно-предавно. Як весело вони проводили час тоді — замолоду! Може, спробувати знов? І таким чином йому вдасться випробувати свій теперішній винахід.

Фіндус знайшов у наметі шпарину й шмигнув усередину.

— Я хочу тут спати, — мовив він. — Може, помандруємо гірськими кряжами? До речі, що таке гірські кряжі?

— То високі гори в Лапландії, — відповів Петсон.

— А в нас є висока гора за столярнею. Ми можемо мандрувати там, — сказав Фіндус.

— Але ж то вийде зовсім коротка мандрівка. На якусь чверть години, — відповів дідуньо.

— А хіба вона, Петсоне, має тривати цілу вічність? Ми трішки помандруємо та й полягаємо спати.

— Одначе я збирався випробувати винахід, — правив своєї Петсон. — Тож пропоную вирушити в довгу мандрівку довкола озера, а тоді на півдорозі розгорнути намет і половити рибу. А після того, коли сідатиме сонце, повмощуємося собі край озера, розкладемо вогнище й будемо смажити на решітці окунів.

— Гар-разд, нехай і так. Тоді гайда, — скрикнув Фіндус і вискочив із намета.

— Не гарячкуй. Спершу мені треба все наготувати. Цебто — намет, спальний мішок, рюкзак, казанок на каву, винахід, який іще не повністю готовий...

Немало часу пішло на те, аби обдумати й знайти все необхідне для мандрів.

Кіт терпеливо чекав.

Урешті-решт вони вирушили в дорогу: кіт — попереду, а дідуньо — за ним. Минаючи курей, Фіндус закричав:

— Бувайте здорові, кури! Ми йдемо з дому ставити намет, мандрувати горами, ловити в озері рибу, а вам із нами — зась!

— Чого це нам із вами зась? Петсоне! Нам теж хочеться ставити намет на озері! — закудкудакали кури й кинулися слідом.

— Ні, так не годиться, — заперечив Петсон. — Для вас то дуже далека дорога. Ви просто заблукаєте в лісі, а потім прийде лис і всіх вас поїсть. Лишайтеся тут!

— Ми хочемо піти з вами! — заголосили кури.

Петсон припустив бігти, проте кури не відставали.

Бабуся Андерсон, що полола грядку буряків, побачивши Петсона й курей, закричала:

— Не бійся курей, Петсоне! Не такі вони й страшні, як здається!

Дідуньо зупинився. Це вже ні в які ворота не лізло! Кури повинні вернутися додому.

Він почимчикував назад, і кури невпевнено подріботіли слідом. Діставшись до курника, він крикнув їм:

— Ходіть сюди, курочки-чубарочки, ціп-ціп! Уже пора спатоньки. Нумо ж, ну!

Фіндус гасав навколо й намагався загнати їх у курник.

Але з того, звісно, нічого не виходило.

— Він гадає, що ми дурні, як ступи. Таж зараз полудень! Якщо ти, Петсоне, надумався ставити на озері намет, то й ми підемо з тобою. Якщо ти лишишся тут, то й ми нікуди не рипатимемося.

Вимога була чітка, тож на неї треба було зважати. Не можна щось вирішити, знехтувавши думкою десятьох курей.

— Ну що ж, Фіндусе, доведеться мандрувати іншим разом, — сказав Петсон. — От і не будеш бити лапи в таку далечінь.

Фіндус відчував розчарування: він бігав подвір'ям і лаяв курей.

Та коли Петсон похвалився, що можна було б напнути намет і в саду, то всі страшенно зраділи.

Кіт допомагав, а кури спостерігали, й невдовзі намет уже стояв.

Петсон розклав спальний мішок, і Фіндус у нього заліз. Здається, він був задоволений.

— Ця хатинка якраз для мене. Я тут спатиму вночі.

— Ми теж хочемо тут спати вночі, — заявили кури.

— Ні! Вам не можна! — зарепетував Фіндус. — Правда ж, Петсоне, їм не можна?

— Та нема чого заводитися, — відповів дідуньо. — Ходімо, Фіндусе, надвір, допоможеш мені дещо зробити.

Коли вони відійшли на таку відстань, щоб кури їх не почули, Петсон зашепотів:

— Не сперечайся з ними. Вони скоро виб'ються із сил. А ми тим часом підемо ловити рибу. Я хочу випробувати свій винахід.

Петсон винайшов лук для ловлі риби. Спустившись до озера, він заходився пояснювати Фіндусові, як той працює. Гачок і поплавець причеплено до стріли. Стріла кріпилася до жилки. Решту жилки намотано на котушку, яка прикріплена до лука. Таким чином Петсон міг запустити стрілу з гачком на велику глибину, куди більшу, ніж то виходить, якщо рибалити вудкою. Спрацьовувало просто чудово.

Петсон знову прицілився в густі очерети. Він був певен, що там водяться великі щуки. Довгенько нічого не відбувалося, хіба що Фіндус тягав одного окунця за другим, стоячи на камені й тримаючи вудку, як то звичайно роблять люди.

Аж ось Петсон узяв найменшого окунця, настромив його на гачок і вистрілив. Як тільки стріла зникла під водою, почувся плюскіт. Страшенний плюскіт якоїсь велетенської риби.

— Глянь, Фіндусе! — заверещав Петсон. — Ти бачив? Оце так щука!

Вона була велика, мов тюлень, і весь час смикалася. Петсон з усієї сили тримав лук, та потім жилка тріснула й разом зі щукою шубовснула в озеро.

Дідуньо й кіт мовчки вдивлялися в кола на воді, поки плесо знов стало гладеньке.

— Овва, — прошепотів Петсон. — Я зроду не бачив такої великої риби.

— Тепер ходімо додому, — сказав Фіндус і побрався берегом угору. — Ну ж бо, Петсоне! Риби вже вдосталь.

Дорогою додому Фіндус допитувався, наскільки великі й небезпечні можуть бути щуки. Але Петсон відмовчувався, поринувши в роздуми, й відповідав знехотя. Поки озеро ще не зникло з очей, він весь час озирався і поглядав на густі очерети, одначе там ніщо більше не плюскотіло.

Коли вони повернулися додому, кури й справді стомилися товктися в наметі. Тільки Шипшинка й досі сиділа в спальному мішку й неслася.

Петсон розклав багаття на стежці, посипаній жорствою, і зварив над вогнем кави. Потім вони посмажили на жару окунців та й ну уявляти собі, ніби сидять у горах. Петсон сперся спиною на яблуню і глибоко зітхнув:

— Охо-хо! Немає нічого кращого за смаженого окунця й чашку кави після довгих мандрів гірськими кряжами. Принаймні мені так здається.

— А ти хіба не знаєш? — спитав Фіндус.

— Ні-і, я ніколи не був у горах. Ніколи не вдавалося. Все часу бракувало. І навіть змоги. Хоч там, напевно, здорово.

Як тільки смеркло, Фіндус забажав іти спати — попри те, що було не так і пізно. Йому кортіло спати в наметі, тож не хотілося більше чекати. Петсон сказав котові «добраніч» і подався зачиняти курей, а згодом заглянув до хати, щоб послухати прогноз погоди.

Фіндус лежав собі сам у наметі. То було щось неймовірне. Всередині панували якесь особливе світло й особлива пітьма, і зараз було майже темно. Звуки тут теж якісь інакші: до нього долинало слабеньке шелестіння дерев — майже таке саме виразне, як і надворі, та все-таки якесь інакше. І виразніше, й приглушеніше водночас. Ба, насправді Фіндус чув кожен найменший хруск і шурхіт набагато виразніше. Та оскільки він не бачив тих, хто порушував тишу, йому було вдвічі важче розпізнавати звуки. І хоч скільки вдивлявся вгору, та бачив лише брезент; і хоч скільки прислухався, та не був певен, що ж то він чув: скажімо, він не знав, які звуки подає велетенська щука. Раптом йому стало нестерпно лежати на самоті, й він вискочив зі спального мішка, прошмигнув крізь шпарину в наметі та й помчав чимдуж до Петсона на кухню.

Дідуньо саме лаштувався лягати спати, коли прибіг захеканий кіт.

— Що таке? — спитав Петсон. — Невесело тобі спати в наметі?

— Та як сказати, — відповів Фіндус. — Спершу було весело. А тоді стало дуже самотньо. Напевно, нам було б веселіше удвох.

— То он до чого ти хилиш, — сказав Петсон. — Я думав, що тобі темрява не страшна. Ти ж потемки добре бачиш.

— Авжеж, ти весь час це кажеш. Але я не тільки добре бачу, але й чую, — сказав Фіндус. — Та річ у тім, що коли лежиш у наметі, то бачиш тільки намет, а чуєш набагато більше. І тоді мені спало на думку таке: якщо ти зі мною трішки посидиш, то я чутиму менше, і мені стане значно веселіше спати в наметі.

— Гаразд, може, воно й так, — промимрив Петсон. — Я згоден там трішки посидіти, а далі побачимо.

І вони знову почимчикували в намет. Тепер там було так темно, хоч в око стрель. Фіндус заліз у спальний мішок, а Петсон усівся поруч. Але намет був невеличкий, і йому не дуже зручно було сидіти, тож за хвильку-другу він ліг на спальний мішок, а Фіндуса поклав у капелюх.

Вони трохи полежали мовчки, а тоді Фіндус сказав:

— Як усе-таки добре, що ти не спіймав тієї щуки. Вона неодмінно нас ізжерла б. Думаю, мені не захочеться більше йти з тобою ловити рибу.

— Тобі нема чого боятися. Якщо я ніколи раніше не бачив такої великої риби, то, мабуть, ми більше її не побачимо, — сказав Петсон. — А тепер спи.

І потім наш Петсон заснув.

Та перш ніж Фіндус помітив, що знов опинився сам, то й теж заснув.

Фіндус схопився рано-ранесенько, тільки-но почало сіріти. Його діймали холод і спрага. Він побіг у будинок і попив трішки молока. Потім подибуляв до Петсонової спальні й скористався нагодою, щоб трохи пострибати на ліжку, оскільки дідуньо не любив дивитися, як він стрибав, але ж зараз він цього не побачить. Потім Фіндус уявив собі, як там м'яко й тепло, тож шаснув під ковдру, щоб полежати. Бодай однісіньку хвильку, а тоді вже вертатися до намету.

А втім, чого йому туди вертатися і що там робити, якщо можна полежати тут і поніжитися?!

Збудила Фіндуса найбільша у світі щука, що тарабанила в двері. Він сів на ліжку й прислухався. Щука відчинила двері, зайшла в кухню й закричала:

— Агов! Петсоне! Ти вже встав?

То був сусід Ґуставсон. Фіндус завмер. Він не любив Ґуставсона. Тож вистрибнув у вікно й побіг до намету будити Петсона.

Перш ніж дідуньо повністю прочумався, надійшов Ґуставсон і заглянув у намет.

— Агов, Петсоне! Вже восьма година. Пора вставати.

Петсон щось буркнув і через силу став вибиратися з намету.

— Невже ти ночуєш у наметі? — спитав Ґуставсон. — У тебе відпустка?

Петсон збентежився, оскільки сусід побачив, що він спав у наметі у власному саду. А в людей так не заведено.

— Ні-і, не зовсім, — промимрив він, не знаючи, що казати. — Це не я... це Фіндус.

— Он як, не ти, а Фіндус, — мовив Ґуставсон, потираючи собі підборіддя. — Хоч начебто й ти. Принаймні капелюх той, що в тебе.

Ґуставсон посміхався так єхидно, що Петсон збагнув: ще до вечора ціла околиця знатиме, як пришелепкуватий Петсон проводить відпустку в наметі, напнутому посеред власного саду.

І тоді Петсон розгнівався.

— Я розумію, як у тебе свербить язик розповісти щось свіженьке сусідам, — сказав він. — Тож гарненько мене послухай. Ми, цебто Фіндус і я, кілька днів мандрували горами. Біля Сулітельма за нами погналася зграя білих вовків, і ми заблукали. Прибилися у Турне до невеличкого озерця й там наловили риби. Я витягнув луком здоровецьке морське чудовисько, а тоді знов пожбурив його у воду. Фіндус упіймав кілька лососів. Потім ми подалися додому і вмололи їх, а я так наївся, що аж заснув. І от зараз, коли прокинувся, то побачив, що спав у наметі. Напевно, це Фіндус напнув його наді мною, поки я спав. Еге ж, Фіндусе?

Кіт кивнув головою.

— Оце так усе було, — сказав Петсон. — Сподіваюсь, ти не маєш нічого проти того, що я дрімаю в своєму саду?

— Ні-і, ні-і. Зовсім ні, — відповів Ґуставсон. Він був геть приголомшений і не знав, вірити йому чи ні. — Я тільки хотів позичити обценьки.

Вони пішли до столярні. Ґуставсон узяв обценьки та й поплентався в задумі додому.

— А ще можеш позичити намет, — крикнув йому вслід Петсон. — На той випадок, якщо надумаєш вибратися кудись із родиною у відпустку. Можеш узяти з собою і корів, їм не завадить трохи прогулятися.

Ґуставсон нічого не відповів.

— Навіщо ти йому стільки всього набрехав? — спитав Фіндус.

— Як це навіщо? Він же все одно вештатиметься околицею і пліткуватиме, то нехай краще пліткує про щось путяще. Бо що цікавого в розповіді про намет, напнутий у саду?

— Йой, Петсоне! — вигукнув Фіндус. — Ми ж забули про мандрівку в гори!

— Нічого, помандруємо просто зараз. Зійдемо на гору за столярнею і там поснідаємо.

— Авжеж, помандруємо! Ну ж бо, Петсоне, ходімо!

Стеж за погодою!

Той, хто збирається ставити намет просто неба, має стежити за погодою.

Дощ і вітер можуть швидко перетворити приємну мандрівку на щось зовсім протилежне.

Вітри бувають різної сили.

Безвітря. Прапор на флагштоці звисає донизу, дим із димаря здіймається вгору. Озеро блищить, мов дзеркало.

Слабкий вітер. Прапор на флагштоці злегка погойдується. На озері видно хвильки.

Поривчастий вітер. Прапор на флагштоці ніби напнуто. На хвилях з'являються білі баранці.

Сильний вітер. На деревах гойдається велике гілля і чути завивання вітру.

Штормовий вітер. Розгойдує дерева і просто збиває з ніг.

Буря. Валить дерева та руйнує будинки.

Ураган. Вітер настільки сильний, що може позносити дерева, будинки, стареньких людей і котів. На щастя, у Швеції ураганів майже не буває.

Виготов найпростіший дощомір.

Тобі знадобиться пластикова пляшка з-під води або мийного засобу. Кришка не потрібна, тож викинь її у контейнер для твердого пластику, що йде на переробку.

Переріж пляшку посередині. Із верхньої частини ти отримаєш лійку. Переверни її і припасуй до другої половини, як зображено на малюнку. Така лійка не лише затримуватиме випаровування дощової води, а й стане бар'єром для сміття та непроханих гостей.

Постав пляшку на рівному відкритому місці і закріпи, щоб вона не перевернулася. Після дощу візьми лінійку та виміряй рівень води. Ану, скільки міліметрів опадів випало?

Свен Нордквіст © *Фото: Данне Еріксона*

Хто такий Свен Нордквіст?

Це людина, яка написала й проілюструвала історії про Петсона та Фіндуса.

Свен народився 1946 року в Гельсінґборзі і все життя малював. Він працював архітектором, учителем та художником-графіком. 1983 року Свен Нордквіст здобув перемогу в конкурсі видавництва Opal на найкраще художнє оформлення друкованого видання завдяки своїй книжці «Аґатон Еман та Абетка». Героями наступної книжки стали Петсон і Фіндус. Спершу автор не задумував цілої серії, однак дідуньо і кіт не давали йому спокою, і тепер вони належать до найулюбленіших Свенових персонажів.

Замолоду Свена неабияк надихали ілюстратори часопису MAD, і це помітно й досі. А ще він любить теслярувати і створювати механічні конструкції, що, безумовно, позначилося на образі Петсона.

Малюнкам Свена Нордквіста притаманне дивовижне багатство фарб і деталей. У кожній ілюстрації — цілий світ, який можна довго розглядати й увесь час знаходити щось нове, чого не помічав раніше. Либонь, тому малюнки Нордквіста так люблять і так ними захоплюються — і діти, і дорослі, які вже й відвикли від ілюстрованих книжок.

Як створюються малюнки

Перш ніж намалювати Петсона, Фіндуса, курей і всіх отих мишустиків, Свен робить ескізи до майбутньої книжки. Іноді йому вдається швидко зрозуміти, якою буде ілюстрація, а іноді вона виходить зовсім не така, як на першому ескізі.

Полювання на лиса

JUL
Spegelvänt
Skärbräda istället

Коли Петсон сумує

Stine

Переполох на городі

Kackel i
Grönsakslandet
Sven Nordqvist
30,3
21,6
0,7
+1,5

Як Фіндус загубився

ФІНДУС
зелений
горошок

А що ти вмієш, Петсоне?